相馬を父祖の地とする作家たち

新妻郁男

目次

相馬を父祖の地とする作家たち

一　はじめに——埴谷雄高・島尾敏雄文学資料館

昨年（平成六年）五月十四日の河北新報朝刊のその記事が一瞬目に飛び込んできたときは驚いた。不意を衝かれたといった感じだった。

記事は、「埴谷雄高さんの資料／ゆかりの小高へ」という見出しで、同氏所蔵の各種資料が本籍地の小高町に贈られることになり、先日第一便が到着した旨を報ずるものだった。記事は次いで、氏の経歴や業績、小高町との関係などを紹介し、いずれ資料は、平成八年度に完成が予定されている町文化会館に併設される文学資料室に保管されることを報じていた。また町ではこれらの企画に併せて、埴谷氏と親交のあった、同じく小高町ゆかりの島尾敏雄氏の資料の収集を進めていることが付記され、そして最後を小高町教育長の木幡喜久治氏の「現代日本文学史上にそびえる埴谷、島尾両氏は小高町の誇り。資料室を二人の文学の研究センターとして整備していきたい」という談話で締め括っている。

この記事のあと、その反響ともいえる文章を、同じ河北新報の「計数管」欄で二つ見ることがあった。菅野俊之氏の「埴谷・島尾文学館」、藤一也氏の「小高（おだか）」であった。それらを読みながら、相馬に生を享けた者の一人として何かひとこと述べたいと思った。

しかし、話は当然文学にかかわることになるので多少のためらいもあった。それをまともに論ずる素養は私にはないからである。確かに、埴谷雄高氏と島尾敏雄氏に対しては、相馬を父祖の地とする作家として、早くから親愛の念を抱き、かつ読みもしてきたが、その内実はとなれば、多忙な勤務の傍ら、時折、読むこともあったという程度のことで、はなはだ心許ないものであった。

結局、その「心許ないもの」を書くことにした。文学以前の個人史的な雑談になるおそれも大いにあるが、相馬の土埃《つちぼこり》のこびりついた目に映った二、三の断片を、目をこすりながら、書いてみることにする。また、この機会なので、同じく相馬を父祖の地とする志賀直哉と荒正人の二人についても触れたいと思う。

なお、敬称は原則として略させていただくことにした。

二　相馬を父祖の地とする作家たち

ある特定の作家や作品に傾斜する理由は何なのだろうか。幾つか挙げられるだろうが、根底に気質と文体の問題があるように思われる。私にとって、日本の作家で最初の作家は梶井基次郎であった。たまたま三好達治の詩「友を喪ふ」によってその名を知り、本屋で短編集を探し当てて読み始め、瞬く間に魅了された。繰り返し読んだ。十九か二十歳《はたち》の頃である。

私は梶井基次郎によって、戦後世相に抱いていた少年なりの鬱懐が癒されるのを感じていた。このことはあるいは逆説的に響くかもしれない。しかし梶井基次郎の清爽な文体と昭和二十年代半ばという当時の時代相を知る人であれば、かすかにでも、分かってもらえそうな気もするのである。

埴谷雄高や島尾敏雄への関心は、梶井基次郎の場合とは趣が違っていた。何よりも相馬を父祖の地とする作家であるという素朴な事実が先行していた。文学以前の事実があって、しかる後作品に入るなどということは順序が逆なことかもしれないが、一般の読者からすれば、そんなことはどうでもよいことのように思える。その事実が契機ともなり、また羅針盤の役目を果たすこともあり得るからである。

埴谷雄高と島尾敏雄と相馬との関係については、既に大方の知るところであるが、まずは一般論としての先鞭をつけたとみられる奥野健男の『現代文学風土記』（集英社、昭和五十一年）によってその辺のところを見てみたい。志賀直哉や荒正人についても当然言及されているので、この二人も含めることにする。

この『現代文学風土記』は、荒正人も島尾敏雄もまだ健在の頃のもので、今となれば時が経過した分、少し古色を帯びつつあるが、労作といえる。復習といった気分で眺めてみようと思う。

奥野健男は「文学と風土との間には密接な関係がある」という無理のない観点から、日本の明治以降の文学者を「人国記」的なかたちで取り上げた。その取り上げかたは単に誕生の地でならべることをしないで、作家の原風景を中心に幼少年期を過ごしたところに重点を置き、また先祖代々の血のつながりや刻印されている郷土性にも着目しながら、作家たちを都道府県別に分類している。

福島県の該当部分を見てみよう。「さて浜通りで文学的に不思議なのは相馬地方である」と奥野健男は前置きし、平将門を祖とする相馬氏の七百年に及ぶ治政と強国伊達氏との闘争や野馬追の尚武に触れ、培われた風土としての「閉鎖性は特異な存在である」とし、関係する作家としてまず志賀直哉をあげ、「そして相馬の血は埴谷雄高、荒正人、島尾敏雄というもっとも個性的な現代文学者を産み出している」と計四人の名を挙げ、それぞれについて、出自、経歴等の簡単な紹介を行っている。

志賀直哉については、既に文学の声価が定まっていることもあってか、「文豪志賀直哉のもっとも尊敬していた祖父直道は相馬藩の家老で、明治時代相馬事件にまきこまれた。その意味で直哉は相馬に血のつながる作家といえよう」と簡単に触れるに止まっている。

以下、埴谷雄高、荒正人、島尾敏雄の順で引用する。


埴谷雄高は明治四十三年台湾生まれだが、埴谷の生家、般若家は相馬氏が七百年前下総より遠征して来た際に一緒に従った八十三騎の中に先祖を持つ相馬藩の重臣で、小高町に屋敷を持っていた。毎夏、父母の故郷小高町に帰った島尾敏雄が、子供の頃、あれが般若ハンのお屋敷だと祖母に教えられ、般若という字から怖ろしい印象を受けたと書いているが、それが埴谷雄高の家であった。埴谷雄高について改めて述べる必要はないと思われるが、戦前アナキズムの運動で不敬罪で投獄され、獄中ドストエフスキイとカントにより思想的に決定され、戦後、山室静、荒正人、平野謙、本多秋五、佐々木基一、小田切秀雄と『近代文学』を創刊、戦後文学の先頭に立ち、「死霊」を書く。

埴谷と共に、『近代文学』を創刊した荒正人は、相馬郡鹿島町の郷士の家に生まれた。戦前マルキシズムに近づき、戦後、「第二の青春」「終末の日」などの独創的な文明評論で、戦後思想を先導し、主体性論争などのはげしい論客であり、市民文学論などを唱える合理主義的でユニークな文芸評論家である。

島尾敏雄は大正六年横浜市生まれだが両親とも相馬郡小高町の出身で、彼も夏休みごと祖母や親類の多い小高に帰った。彼は祖母から聞いた相馬の民話や「いなかぶり」など相馬を舞台にした小説を書いている。生糸貿易商だった父とともに横浜から神戸に移り、長崎高商、九大東洋史を卒業、学徒兵として海軍予備学生になり、震洋特攻隊長として奄美の加計呂麻島に駐屯した。八月十三日、出撃命令を受けながら終戦で九死に一生を得たが、その特攻隊長としての死とみつめあった生活、島の長の娘との恋愛体験が島尾の文学と生涯を決定した。

そして奥野健男は、相馬地方の最後を次のような言葉でしめくくっている。

ぼくは畠の中に浮島のように屋敷や森のある小高い丘が点在している相馬地方を、かつての小高城のあった野馬追の小高神社から眺めながら、このような現代のもっとも個性的な文学者を産んだ相馬の秘密は何であろうか、相馬藩の守護神である妙見菩薩、つまり北斗七星の、宇宙からの特別の啓示でもあったのだろうかとSF的なさまざまな空想にふけるのであった。

それがたとえ「空想」にしても、相馬に生れ、相馬を知る者にとっては、いささか面映ゆいような気がしないでもないが、これはむしろ奥野健男のこの四人の作家への敬愛の念が語らせたものと見てよいだろう。

ところで、奥野健男のいう、文豪や現代の個性的な現代文学者を産み出した「相馬の秘密」といったようなものがあるのだろうか。これは即答しかねる難しい問題である。ただ、相馬地方の精神的風土として、他に際立つ特徴としてあげられるものに、武家社会の伝統の存続と、それへの回帰現象がある。地域の人もこのことに異論はないだろうと思う。

その典型の一つが、奥野健男も触れている、旧藩領あげての祭事である野馬追である。現在市町村単位の祭りはどこでも見られるが、旧藩領の市町村を包括した祭りというのは、調べたわけではないが、恐らくこの野馬追ぐらいではなかろうか。相馬に生まれた男の子であるならば、何時の日か、馬上の武者になって野馬追に出たいという夢を抱かない者はいないといっても過言でない。

島尾敏雄の昭和十八年日記の一月二日の条に見える次のようなくだりは、たった二行に凝縮された哀切な野馬追夢物語といえる。

伊丹のブリキ屋で相馬中村出身の士族がゐて、ひからびた初老のおつさんであるが、鎧具足をそろへて国に帰り、野馬追に出たいといふ夢を持つてゐる。

（『カイエ』昭和52年12月臨時増刊号、総特集・島尾敏雄）

野馬追の歴史については語らないが、その騎馬編成は、各郷出騎の戦国時代の編成である。現在でも旧藩主の子孫が総大将として兵馬の指揮をとっている。また、現在の副大将は、その昔、といっても元亨《げんこう》三年（一三二三）のことであるが、相馬氏が下総の国より頼朝からの恩賞の地奥州行方郡に下向したときに供奉してきた武者の流れに連なる者が務めている。そして騎馬武者たちは、祭りの三日間はもちろんであるが、その一ヶ月も前から、現代社会のヒエラルキーとは別系統の、すなわち侍大将、軍者、組頭、御先乗、御使番といった戦闘集団のヒエラルキーの中での役割を演じ、それに没入する。軍者になれば飲み屋でも軍者の面構えで武張って酒を飲むがごとくである。多少誇張気味に言えば、それが野馬追の日常である。

山野を赤、青、黄の原色で彩る先祖伝来の旗指物は血と土への信仰を象徴している。そして相馬の人々は、この祭事によって、毎年、地域の一体性を肌身に感じ、精神の一夏の高揚を覚えるのである。

相馬の精神を特徴づけるもう一つの伝統は二宮尊徳の仕法である。相馬藩は、幕末、飢饉等で疲弊した藩領の回復のため、一藩あげて二宮尊徳の仕法の適用に取組み、物狂いのように奮励し、その最も成功した例となる。その間、侍は百姓を鼓舞し、自らも土まみれになって働いた。朝は百姓より早く出勤し、夕方は百姓の帰るのを見届けて帰庁し、その日の仕事に区切りをつけた。現在でも、尊徳の思想の祖述者、仕法の研究者が絶えることがないのは、地味ではあるが、このような晴れがましくもある歴史の財産があるからであるといえよう。

相馬地方における武家社会を色濃く伝える二つの伝統、いわばハレとしての野馬追と、ケとしての二宮尊徳の仕法の存在は、相馬人の発想や思考に自ずと影響を与え、その根っこのところに何ものかとなってへばりついているように思える。これは私の経験的な述懐でもある。

しかし、このような伝統の存在は、ややもすれば、思考の型を歴史回帰的にさせ、未来に顔を向けることを苦手にさせる原因ともなりかねない。埴谷雄高、島尾敏雄という、相馬の血を引く、しかし、台湾に生れ、また港町横浜に生れ、相馬の精神的風土の影響を直接受けなかった二人の作家が、思考を現実の絆から解放し、飛翔させる、夢の作家の側面を持つのは、いかにも象徴的であるともいえる。

以上、奥野健男の文章によって、志賀直哉、埴谷雄高、荒正人、島尾敏雄と相馬のつながりを一瞥したが、志賀直哉を除く後の三人については更に、重複するところも出てくるが、出自経歴のいわば公式見解ともいえる「年譜」から誕生にかかる初年部分を順に引いてみよう。

〈埴谷雄高〉

明治四十三年（一九一〇）

一月一日（戸籍上のことで、実際は四十二年十二月十九日）、父般若三郎、母アサの長男として父の勤務先台湾新竹《しんちく》に生まれる。本名般若豊。五歳違いの姉初代がある。本籍、福島県相馬郡小高町岡田字山田三一五番地。父は当時税務官吏、のち台湾製糖株式会社に入り、屛東《へいとう》、橋子頭《きょうしとう》、高雄《たかお》、三崁店《さんかんてん》などの各工場に転任。幼年時代を南部の屛東で送る。父方の家系は相馬藩士で、祖父は剣道指南番。版籍奉還、廃藩置県、家禄奉還で、田畑、山をもらって、明治四年中村から小高に移るが没落。母方の家系は島津藩士で、母の祖父伊東茂右衛門（号、潜龍）は陽明学者、明治維新の西郷、大久保等を教える。母の代になり嗣子断絶。

幼年時代から腺病体質で、且早熟で、芝居「復活」「トスカ」などに人生の恐怖を直覚したり、死の観念を胚胎。台湾育ちのため、いわゆる日本人的心情を植えつけられず、支配者の悪に敏感となる。日本人否定が自己否定となり、現実離脱の傾向を助長。また、各地を転々としたため非定着者的思想が育まれる。

（立石伯編「埴谷雄高年譜」秋山駿編『埴谷雄高』番町書房、昭和52年）

〈荒正人《まさひと》〉

大正二年（一九一三）

一月一日、福島県相馬郡鹿島町に生れる（日付は戸籍上、実際は十二月生）。父荒善五郎（農学校勤務）、母キクヨの第一子（のちに桂、玲子、哲哉、卓哉の弟妹が生れる）。千葉県小御門村、山形県新庄町、長野県篠井町などに住む。

（荒このみ、植松みどり編「年譜・執筆、著作目録」『荒正人著作集第五巻』三一書房、昭和59年）

〈島尾敏雄〉

大正六年（一九一七）

四月十八日、神奈川県横浜市戸部町三十八番地で、父・四郎（明治二十二年生）、母・トシ（明治三十九年生）の長男として生れる。本籍地は福島県相馬郡小高町大井字松崎二百三番地。妹二人、弟二人の五人兄弟。父母共に相馬の人で、父は輸出絹織物商を営んでおり、母は和歌を好む人であった。幼少の頃から大学の頃まで、夏休みを利用して相馬の母方の祖母の家である井上家に遊びに行った。

（青山毅編「島尾敏雄年譜」前掲『カイエ』）

面白くも、不思議にも思うのは、埴谷雄高、荒正人、島尾敏雄の三人が、それぞれ離れて仕事をしたのではなくて、同人誌を通じてなど、共通の場と雰囲気の中で仕事をしたことがあったことである。

埴谷雄高と荒正人が知り合うのは早く、昭和十四年のことである。埴谷雄高は、この年の十月、中学時代の同級生長谷川鉱平の紹介で同人誌『構想』の同人となるが、そこで平野謙、佐々木基一、山室静らとともに荒正人を知ることになる。これら顔触れを見れば、戦後の『近代文学』発刊の素地が既に戦前の『構想』に胚胎していたことを知ることができる。

埴谷雄高はこの『構想』に、当時平野謙をして一行も解らぬと嘆かせた『不合理ゆえに吾信ず』を発表する。このアフォリズム集には、平野謙だけでなく、誰しも面食らったらしく、佐々木基一も「ちんぷんかんぷん」だったと言っている。その佐々木基一が、この頃の埴谷雄高について、「断定的な、自信にみちたものの言い方が珍しく、面白かった」と回想している（『昭和文学交友記』）。

同誌は昭和十六年十二月五日発行の七号をもって終刊となる。大東亜戦争勃発の三日前であった。

三　荒正人『第二の青春』

初めに、同人誌『近代文学』について簡単に触れておきたいと思う。埴谷雄高や荒正人を語るとき同人誌『近代文学』を逸することはできないからである。

同誌発刊の経緯や創刊時の様子については、埴谷雄高はじめ各同人がそれぞれ詳しく述べているが、ここでは、荒正人の「『近代文学』終刊」と題する新聞掲載の簡潔な文章から引用する。終刊決定の時点からの回顧文である。

創刊号は、昭和二一年一月号。創刊の決定をしたのは、昭和二〇年一〇月三日、私たちは、松戸会議と呼んできた。千葉県松戸に疎開していた佐々木基一の寄宿先に、本多秋五、平野謙、埴谷雄高、そして私の五人が集った。山室静は信州に、小田切秀雄は山梨に疎開していた。この会合で、誌名を初め、雑誌発行の一切を決定した。敗戦の混乱をまのあたりに見て、われらともに叫ばん、という衝動を覚えたのも不思議ではない。私たちは、戦前、戦中を通じて、十年余りも交渉をもっていた、共通の記憶と体験が、雑誌発行の土台となった。土台が堅牢だったから、二十年の歳月に耐えたのだ、といえば、自賛になるであろうか。

記事の全体の字数は、二、二〇〇字程度、それに創刊号と記念号四冊の表紙の写真が添えられている。切抜きに掲載紙と年月日を記入しておかなかったので、いずれも不詳であるが、ただ記事の右肩の余白部分に、「『近代文学』は、現在編集を進めている一八五号で、終刊に決定、四月二日に公表した」と注されているので、昭和三十九年四月二日以降の、それも四月二日に近い日のものと思われる。

念のため『荒正人著作集』第五巻巻末の「年譜・執筆、著作目録」を見たが、「四月、『近代文学』終刊決定発表の記者会見（八月二日終刊号）」とあるだけで、この記事のことについては触れられていない。「年譜」等の作成に当たっては「取捨選択」があったと記されているので、その際略されたものと思われる。この記事に関しては今はこの程度にしておきたい。

次は同人のことである。創刊時の七人の名前はこれまでにも出てきているが、ここで改めて誕生の年の順に書き並べてみた。最下段の数字は、同人誌創刊を企画した昭和二十年、すなわち大東亜戦争敗戦の年の年齢で、その年の西暦年（一九四五）の数字から誕生の年の西暦年の数字を差し引いた残数字で表している。

山室静	明治三十九年	（一九〇六）	三九
平野謙	同　四十年	（一九〇七）	三八
本多秋五	同　四十一年	（一九〇八）	三七
埴谷雄高	同　四十三年	（一九一〇）	三五
荒正人	大正　二年	（一九一三）	三二
佐々木基一	同　三年	（一九一四）	三一
小田切秀雄	同　五年	（一九一六）	二九

年齢の最高と最低の差は十歳、平均は三十四・四歳、三十五歳の埴谷雄高がちょうど真ん中に居る。全体として三十代のグループといえるだろう。敗戦直後の文学と思想に先導的役割を果たした荒正人は三十二歳の若さである。山室静、埴谷雄高、佐々木基一が小説を書いているが総じて批評家の集団という印象が強い。結束の強さの一因としてその辺の

こともあったのかもしれない。

創刊の決定は、引用文にもあるように、五人で行われ、その後に年齢の最も高い山室静と最も低い小田切秀雄が参加することになった。うち、小田切秀雄は『新日本文学』と『近代文学』の板挟みになり一年ほどで同人を去ることになる。従って、昭和三十九年四月二日付の「終刊挨拶状」は六人の連名である。ともあれ、最初の同人は志賀直哉や武者小路実篤らの「白樺」派の人たちと並び称されるほど仲が良かったといわれている。

『近代文学』は、昭和二十二年と二十三年に、同人の拡大を行っている。島尾敏雄の参加は昭和二十三年である。埴谷雄高、荒正人、島尾敏雄のめぐり合いといえる。奇しき邂逅というべきかもしれない。

このとき同人となった作家たちの名前を、参考までに、掲げておきたい。

第一次同人拡大（昭和二十二年）　野間宏、中村真一郎、福永武彦、加藤周一、久保田正文、花田清輝、大西巨人、平田次三郎。

第二次同人拡大（昭和二十三年）　椎名麟三、梅崎春生、武田泰淳、島尾敏雄、原民喜、船山馨、青山光二、寺田透、三島由紀夫、関根弘、安部公房、中田耕治、日高六郎、斎藤正直、高橋義孝、高橋幸男、亀島貞夫、原通久。

かつて荒正人と平野謙と激しい論争をした中野重治が『近代文学』の終刊号に「『近代文学』の人びと」という文章を寄せている。中野重治が共産党から除名されるのは昭和三十九年十一月であるから、その直前の文章といえる。切れ切れに引用しておく。

『近代文学』の人びとは何となく頼りになるところがある。そういう気がする。むろん私から言ってである。

『近代文学』の人びとには、馬鹿もののような人が少ない。あるいはいない。彼らは端麗で、安酒を飲んでへどをつくというようなところがない。

彼らが揃って何かの節度を保っていること、これが何とも見ごとなことではあるが今のところ物足りぬ気がすることはある。

ところで、埴谷雄高、荒正人、島尾敏雄の三人のうち、荒正人の文章を最初に引用したのは、私が最初に読んだのが荒正人だったからという単純な理由による。大学に入学して間もない頃、先輩が読めといって貸してくれたのが、第一評論集『第二の青春』であった。『第二の青春』は、弾《はじ》け飛ぶ火山弾であった。意気軒昂として、天馬空を行くがごとくの感がある。追いついて行くのがやっとであった。主張の根底に四十代に対する三十代の世代論があった。論調を知るため、一ヶ所だけ引用する。巻頭論文「第二の青春」の中の一節である。

もし、しんの希望が、敗戦日本という砂漠のなかから、不死鳥《フェニックス》のごとく羽搏き生れるとするならば、その死灰となるものは、第一の青春に夢みたヒューマニズムを悉皆否定し、焼き尽したものにほかならない。似而非ヒューマニストの、スコラ的弁証法などというごまかしの形式を通らず、もっと直線的に電気のように肉体に伝わってくるものとしての、否定を通じての肯定、虚無の極北に立つ万有、エゴイズムを拡充した高次のヒューマニズム――これこそわたくしたちが、第一の青春という浪費のなかから購うことのできた唯一の財貨ではないのか。

（『荒正人著作集』第一巻）

荒正人は、『第二の青春』によって、戦後論壇の先駆けとなった。同人本多秋五は、

『近代文学』の初期には、「荒正人はわれわれの連隊旗手であり、第一走者であった」（『荒正人著作集』第一巻「解説」）と回顧している。戦後の文学、思想界において荒正人の時代というものがあったように記憶している。

司馬遼太郎は、幕末維新期の大方は非業の死に倒れる異能の「革命家」を好んで書いたが、このときの荒正人は、茫漠とした印象であるが、その「革命家」の位置にあったような気がする。何時しか表舞台から退場し、晩年は、漱石研究に没頭することになる。

昭和五十四年六月八日の朝、荒正人は、ペンを手にしたまま、意識不明になっているのを発見される。そして翌日の九日に死去する。享年六十六歳。早すぎる死であり、無念であったと思われる。その業績は、戦後文学史の中で、まだ十分に検討されていないような気がする。

ここまで書いてきてふと思い出したことがある。些細なことであるが、荒正人という名前は相馬高校時代に周辺の何人かが既に知っていたらしいということである。

ある情景が夢のように浮かんでくる。放課後でもあったろうか、同級生三、四人と、校庭の片隅で車座になって雑談していたとき、余り目立つ存在でなかった一人が「正人はおれのおんつぁんだ」と面白くもなさそうな顔つきで言ったのである。その同級生の苗字が荒でなかったので、その言葉を、一瞬だけであったが、奇異なものと錯覚したことを記憶している。後年何かのときに、その同級生の名前を思い出そうとしたが思い出せずじまいになった。

話は変わるが、以前、といっても荒正人がまだ活躍中の頃のことであるが、何かの雑誌で、荒正人の、正確な題は忘れたが、「おふくろの味」について書いたエッセーを読んだことがある。それは当然相馬の味について語ったもので、荒正人には珍しいことだとそのとき思った。『荒正人著作集』(全五巻)の中には、そういった軽いものは当然入ってはいない。主要なものを収録し、細部を捨てる「著作集」のやむを得ない限界であるが、その点味気なさが残るのも否めない。

その外にも一、二思い出されてくる。『旅』という雑誌に漱石と温泉についてのエッセーを寄せていたのを見たことがあるし、同じ雑誌の座談会にも顔を出していた。近年、作家、批評家などの一冊に編まれた「随想集」をよく見かけるが、荒正人のものも一冊になったら、それなりに面白かろうし、素顔ももっと見えてくるのではないかと思われる。

埴谷雄高に、荒正人を追悼した文章が幾つかある。死の翌々日の昭和五十四年六月十一日付の毎日新聞と『群像』『海』『文芸』の同年の各八月号に発表したものである。そのうち、『海』に発表したものが島尾敏雄など相馬とのかかわりなどにも触れているので、その中の一部分を少し長くなるが最後に引用する。

いまは相馬市と呼ばれている嘗ての中村から、明治四年の廃藩置県のとき、私の祖父が小高へ移ってそこを本籍地とすることになったが、思いがけず、島尾敏雄もまた同じ小高町出身で、そして、そこから僅か数里離れた鹿島がほかならぬ異常児荒正人の郷里であるとは、大きくは宇宙論的、小さくは地理風土的ななにか目に見えぬ、しかし、よく見れば、赤、白、黒まだらの不思議な一筋の糸の尽きせぬつながりを思わせる。ここで、荒、島尾、埴谷と順に並べてゆくと、まずそこから第一にひきだせる互いの共通項は、「彼等はどうやらひどく変っていて、本来彼の地にある東北人の鈍重性を、よくいえば、ある種の哲人ふう徹底性をもった永劫へ挑戦する根気強さ、悪くいえば、馬鹿の一つ覚えを、よそもまわりもまったく見えぬ一種狂気ふうな病理学的執着ぶりのなかに培養結晶化して、長いあいだまったく同じことを、熱心に、また、はしにもぼうにもかからず愚かしく、ただやりつづけている」ということになるだろう。荒正人の漱石年表に示された変質病ふうな異様な熱心さも、島尾敏雄が『死の棘』に示したこれまた異常不屈な長期の持続性も、私の『死霊』のだらだらして果てしもない無窮性も、いってみれば、東北人特有といわれる「粘り」がある極端へ向って極度に純粋結晶化したものに違いないのである。けれども、日頃もどんづまりの終局においてもぼーっとしている鈍重な東北人がどうしてこのような「極端」な無限格闘へ向ってひたすらつっ走り得たかという一種病理的な分析でもおこなうとなると、どうやら、中村、小高、鹿島という砂鉄に富んだ地域一帯に嘗て遠い有史以前に驚くほど巨大で、また、奇妙な内的燃焼を持続する隕石が落下して、ただひたすら無限のみを唯一の標的としつづけてきたその異常な粘着性を核心にまだとりのこしているその放射性断片がここかしこに散らばり、「極端粘り族」宇宙人のつむじ曲がり子孫を地球に伝えた、とでもいっておくより仕方がないのである。尤も、そのなかで、荒正人の暗い内部に伝った隕石遺伝子はまたまた極度にずばぬけて変っていて、他種族の宇宙人すべてが驚きあきれていた「光速をまたたく裡に越える極端ふう特大せっかちと癇癪」というそのはじめに大爆発《ビッグ・バン》をもって出発した膨脹宇宙の光と闇の融合した二重の刻印をもっていたといわなければならないのである。

（『戦後の先行者たち――同時代追悼文集』）

四　埴谷雄高断片

若い頃、ある山稜の砂礫地帯で、立籠める濃霧に踏跡を見失い、小一時間ほど同じ場所で霽れるのを待ったことがある。雨着が濡れ、体が冷え込んできた頃、不意に、鋭角を天に向けた等身大の一つの影が、霧の濃淡のあわいに、幻のように浮かぶのが見えた。影は瞬時に消えたが、しばらくして再び現れた。その消滅から出現への時間が次第に短くなってきたと思うと、霧は山裾のほうから一気に霽れ上がっていった。

埴谷雄高の思想は、私にとっては常に、霧の中の、幻のように浮かび、幻のように消える、あのケルンの影のようだと、以前、思ったことがある。晴れた日の照度で明晰に認識できないのだ。発想の根源に理解がとどかないからである。背伸びして手を伸ばしても、指先をかすめもしないといった感じが残る。『死霊』以下の代表作と思われる数冊は読んでいるが、この点で、私は埴谷雄高の良き読者とはいえない。作品の背景にある教養（という言葉は適当でないが）の広さと深さを感知しただけで戦意喪失である。

それでも、書棚の近いところに、吉田一穂の詩集『白鳥』と並んで、黒ずくめの装丁の『埴谷雄高準詩集』と『不合理ゆえに吾信ず』の二冊が、何時の頃からか、並んで立っていて、たまさか目を通すことがある。特に、好きな歴史ものを読み続け、歴史の過剰に倦み疲れたようなときにひもとけば、別次元の思想が颯然と吹き抜けるのを感じることができる。

『埴谷雄高準詩集』は、「あとがき」によれば、既に発表された文章の中から「詩らしきもの」（埴谷雄高）を抜き出して編まれたものである。詩が文学の源泉であり、同時に究極でもあるという「盲信」（同前）を二重に信ずれば、僅か四十丁の紙片の中に、埴谷雄高の思想の気配らしきものを垣間見ることができる。短いものをページ順に三つ引用してみる。

いま、ひとつの渦状星雲が
いま、ひとつの渦状星雲が腕をのばして拡散してゆくとき
一冊の書物が果てもない闇の空間を落ちる

祭典の予告のように頁を開いたまま
次回の生成と消滅の思いもよらぬ変容のかたちを示しなが
ら

地霊よ

地霊よ。お前が護っている幾つもの秘密を
ついに私は探りあてることができない。
お前のまわりのすべての地中を掘り起して
あれもこれも見つけだしたけれども
お前が蹲っているところだけからは
私の鋤は何時も僅か鉄の厚さ一枚離れて
掘り進んでいってしまったからだ。

死んでしまったものは
死んでしまったものはもう何事も語らない。

ついにやってこないものはその充たされない苦痛を私達に
訴えない。
ただなし得なかった悲痛な願望が、
私達に姿を見せることもない永劫の何物かが、
なにごとかに固執しつづけているひとりの精霊のように、
高い虚空の風の流れのなかで鳴っている。

『不合理ゆえに吾信ず』は、周知のように、埴谷雄高のアフォリズム集（または初期詩篇）で、前記の同人誌『構想』に、創刊号から終刊号（七号）まで毎回の七回にわたって、時間でいえば昭和十四年九月から昭和十六年十二月までの間に、また年齢でいえば二十九歳から三十一歳までの間に、発表されたものである。

埴谷雄高は、『石棺と年輪―影絵の世界』の中で、このアフォリズム集は「論理と詩の婚姻を試みた」もので、「私の精神の原型を示しているところの第一の書である」といっている。愛着の深さが想像される。

初めて手にしたとき、私は判じ物を見るようで、一行も分からなかった。一語もといったほうが正確かもしれない。それは今においてもさしたる変わりはない。普通ならば、それで放擲するところなのだが、この詩篇にはそれをさせないような不思議な魅力が備わっている。

その一つは、といってもこれまた私の印象を語るに過ぎないのだが、叙述の古典的な様式美にあった。詩文は、一篇ごとに、長短はあるにしても、見開き二ページの白い空白に、ある秩序に従って配置されている。その一篇々々は、謎に満ちて分明でないが、通読していけば、それらは互いに連鎖し、感応し合っていることが見えてくる。

もう一つは、詩の内容の独創性である。未だかつて見たことのないものがここに語られているという予感である。常人には見えない何物かが見えてしまった精神が、内心を措定する言語を求め、詩に結晶させたもののように映ずる。さながら精神と言語の一幕五十四場の舞踏劇を観るかのようである。目を凝らせば、多分、舞台の書割りの遥か遠くに、一本の冬木の孤影が幻のように浮かびあがるのを見ることができるであろう。冬ざれの曠野に、葉を落とし尽くし、木肌をあらわに、白々と立ち尽くす、一本のその立木の姿は、詩を紡ぐ裸形の精神の象徴でもあるかのようである。

一行、一語も分からなかったといった詩篇五十四の中に、一篇だけ、かつて経験したことのあるような心象風景が描かれているものがある。埴谷雄高の青春の素顔のようなものがほの見える断章でもある。

——そこにわたしの魂が揺すられる場所、そんな純粋な場所はすでに私から喪われてしまった。

例えば弾性を喪った弾条《ぜんまい》が佗しく自身に戯れてみる —— 懶く自身を捻ってみることにも、やがてはしずまりきってしまう空虚を味わっている羸弱さがあった。風と樹！ 目に見えぬ風が細い梢の樹末を揺すっている風景を、茫漠と眺めている瞬間が私にあった。そうだ。私には茫漠たる時間がある。それは名状しがたい空虚な時間でもあった。何もない裡に既に疲れてしまった軀、私の魂はそんな羸弱さを持っていた。

私は、何時の頃からか「限界」というものに自覚的になり、分からないということを気にしなくなり、分からないままに放っておくことを覚えた。何やら退嬰的で怠け者の言い種めいているが、放っておくということは、少なくとも、断念ではなくて継続なのだという気分は持っていた。『不合理ゆえに吾信ず』との付き合いなども、そのような気分の延長線上のものといえるかもしれない。

登山も、若いときは、何がなんでも頂上という気分に溢れていたが、年とともにそれへのこだわりが薄れてきた。要するに体力の問題であろう。読書も登山と同じで体力が要る。峠を越せば、越した者に相応しい読み方を年々工夫していかなければならないだろう。

五　反語としての故郷

埴谷雄高が、「故郷」について語った文章は、「無言旅行」などの幾つかのエッセー、島尾敏雄や荒正人を語った文章、その他対談の中などに若干見ることができる。そんな中で、河北新報の昭和三十四年一月三日の紙面に載った「ハイマートロス」は、私の好きな一篇である。一、〇〇〇字程度の小文であるが、書くべきことはすべて書かれている。やはり全文を掲げておこう。

故郷というところが自分が生れ、育ったところ、そして、少なくとも小学校ぐらいまで通ったところだとすると、困ったことに、福島県は私の故郷とはいえない。

私の本籍地は相馬郡小高町岡田であるが、中学時代、夏休みになるとよく行っていた故郷の家はいまはもう私の家ではない。ただその家からわずか離れた山のすそに祖父の墓だけが忘れられたように立っている。訪れるもののないその墓は夏になるとおそらく一面の草におおわれて村の青年団のひとびとを悩ましているのではないかと思う。困ったことと私がいうのは、このことを指しているのである。不肖な子である私はすでに二十五年以上も前にその故郷の家を手放さなければならなかった。

私はそこで生れ、育ったのではなかった。私が生れ、育ったのは暑い台湾で、製糖会社に勤めていた父に従って小学校時代を台湾南部のあちこちで過ごした。やがて会社をやめた父とともに東京へ帰り、中学以後、ずっと東京に住みついている。したがって、私には故郷の家は夏休みだけ行くところとして、それ以上に強くひくものがはじめからなかったわけである。

「近代文学」という雑誌をはじめたとき、驚いたことに島尾敏雄が同村であるとわかった。私の家は、明治初年の廃藩置県のときに相馬藩士のなかからそこに土着した数軒のうちの一つで、ことに私の姓が変っていて「般若はあ」と呼ばれていたので、幼年時代の島尾敏雄は私の家をよく覚えているそうである。面白いことに荒正人もすぐ近くであるが、この三人とも、その故郷で育っていない。三人ともハイマートロスである。

それほど縁の薄い故郷であるが、私は爾来いまだに本籍地をそこから変えていない。

東京にすっかり住みついてしまったのだから、遠いのは不便でもあり、籍を移せという意見もあったのに、私は従っていない。

私の記憶のなかに、いまだに茂った夏草におおわれながらも高く孤独に立っている一枚石の祖父の墓が住みついており、ただそれだけの理由から、単に書類の上の故郷にすぎないそこを見捨てることができないのである。

（『墓銘と影繪』所収）

埴谷雄高にとって、相馬は世にいうところの故郷ではなかった。一ひねりひねった反語であった。しかし、そう思う一方で、引用文の中の故郷への親和を語った最後の数行を見詰めながら、私は本多秋五が『近代文学』の創刊時に掲げた「芸術至上主義」について語った言葉を思い出すのである。

反語ではあるが反語のまた反語であった。

この「ハイマートロス」には、書くに値しないような個人的な思い出がある。

十数年も前になるが、河北新報夕刊の随想欄に九回ほど書く機会があった。話があったとき私は気が進まなかった。稚拙な文章を不特定多数の人前にさらせば必ずや心の静穏が損なわれるだろうと思った。それに私自身、その頃、役人は組織の中にのみ居るべきで、個人名の載る文章をマスコミなどに書くべきでないという「哲学」を持っていた。

　しかし、仕掛け人が当時その河北の何とか部長をしていた小学校以来の旧友である丸山君と分かって、とうとう書く破目になったとき、思案の中からふと思い浮かんできたのが、この「ハイマートロス」であった。書くべき字数も同じ一、〇〇〇字であった。一回ごとに読んで、書くべき文章の気息を整えた。

　これも同じく、茶飲話のような個人的な思い出話になるが、埴谷雄高が相馬に縁のある作家と知ったのは大学に入学した年の頃だった。夏休みか冬休みかに生家で友人と雑談をしていて、たまたま『死霊』の噂話になった。当時、『死霊』は、われわれの中では、幻の本といわれ、私も友人もまだ現物を見ていなかった。そして、埴谷雄高という名は、暗黒の宇宙の彼方に明滅する謎の星雲ほどにも遠い存在に思えていた。そのとき、茶菓を運んできて、何かの拍子でその場に居合わせることになった母が、少年時代の埴谷雄高に会ったことがあると言い出した。私も友人も、一瞬、狐につままれたようになった。母がそのことを「その時のゆたかさんは」などといかにも軽々と言ったからである。

聞けば何のことはない。母は相馬の鹿島の在で育ち、村の高等小学校を卒業するが、女学校は、家の事情で、母方の叔母の居る仙台の宮城県第二高等女学校に入れられた。在学四年のうちの前半二年をその叔母の家に下宿することになるが、入学した年の翌々年ころに、家族と一緒にその家を訪ねてきた少年般若豊に会ったのであった。

母の高等女学校入学は大正十年であるから、一家が訪ねてきたのは十二年ということになる。震災のあった年という記憶も母にはあるので、大正十二年に間違いはなかろう。となると、その年、埴谷雄高は目白中学の二年生であった。涼やかな目をした、口数の少ない、おとなしそうな、というよりはむしろひ弱さのようなものを感じさせる少年というのが、少女時代の母の記憶の中の印象であった。

また、そのとき、音楽学校に行っているという少年の姉が身につけていた金側《きんがわ》の懐中時計が、何ともハイカラで、物珍しく、それに両親のすらりとした容姿なども含め、埴谷雄高の一家は、田舎娘には、大変都会的に映ったという。

この話には続きがあった。それから何日かして、般若の家が相馬藩の「御家中」であったこと、それも母の里と同じく、相馬の殿様のご先祖が下総の国から相馬に来たときに随従してきた一族であるといった話を聞かされた。若い頃は、こんな類いの古い話は、鬱陶しく思われて上の空で聞き流すものだが、このときだけは真面目に聞いたようだった。

埴谷雄高の存在は、その後も、厚い雲におおわれたままであることに変わりはなかったが、それでも、心なしか、その雲に小さな穴がぽっかり空いたような気がしないでもなかった。

話が飛んで最近の話になるが、埴谷雄高の、待たれていた『死霊』九章が今年（平成七年）完成し、『群像』の十一月号に掲載された。第一章が『近代文学』に書き始められてから半世紀が経っている。その九章の完成が遅れていると取り沙汰されている頃、私の脳裡に訳もなく浮かんできた言葉があった。

都より甲斐の国へは程遠し御急ぎあれや日も武田どの

という、花田清輝が『鳥獣戯話』の冒頭で引用している『犬筑波集』の中の言葉である。念のため言うと、「日もたけた」が「武田」にかけられている。

涼やかな目をした少年も八十五歳のご高齢である。病む身体と持続する文体を思うとき、何がそれを促しているのだろうかと考える。強靭な精神力といった言葉では言い表せない何物かである筈である。今それに当てはまる言葉が見いだせないが、奥野健男のいう「北斗七星の、宇宙からの特別の啓示」といったものに近いものなのかもしれないと思ったりもする。

六　島尾敏雄断片

島尾敏雄について、目の覚めるような思いを抱いたのは、昭和四十年九月、朝日新聞の「一冊の本」欄で、まだ無名に近かった小川国夫の『アポロンの島』を、創作を促す座右の書と激賞した文章を読んだときであった。

まず、その文章を引用してみる。全文はもっと長いが、幸い本人による抜粋があるので、それによることにする（『島尾敏雄による島尾敏雄』青銅社、一九八一年）。

「一冊の本」ということばによって私の頭の中にまず浮かぶのは、「聖書」のイメージだけれど、今の私に「聖書」について書く力はないと思う。では、それを避けてどんな本を私にとっての「一冊の本」としよう。

以前もそうだったけれど、このごろはいっそう持続的な読書ができなくなった。少し誇張になるのをがまんすれば、私の読書の態度には、創作の刺激を期待するようなところが出てきた。もちろんそこから知識と瞑想へのみちびきが与えられるにちがいないが、そのうえになお、読書の結果わきたったたにごりをしずめて、なにか創作してみたい気持を自分に移し植えてくれるような書物を机の周辺に置くようになった。はじめは本だなから何冊もえらびとり、随意に読み捨てて行く。あるいは自分の創作へのこころのゆれうごきの中で処理して行くと言った方がいいかもしれない。そしていちばんあとにのこる一冊がある。そのときに何を書くかのおよその見当がついているふうだ。

小川国夫の『アポロンの島』が、この三、四年来、その一冊としてのこった。この本を知るまえには岩波文庫本の長塚節の短篇集『炭焼の娘』がそうであった。このうつりかわりのところはうまく説明ができそうでない。ただなぜか、そのいずれともそれを読むことによって、くぐまりこごえようとする私の筆が軽やかな出発にかりたてられたように思う。

島尾敏雄は、この年、四十八歳で、既に『単独旅行者』『贋学生』『帰巣者の憂鬱』『夢の中での日常』『島の果て』『死の棘』『出発は遂に訪れず』など十指に余る創作集を発表し、昭和三十六年には『死の棘』で第十一回芸術選奨を受賞、また同年晶文社から『島尾敏雄作品集』全四巻（翌年八月完結。四十二年七月一冊増刊して全五巻となる）の刊行が始められていた。

一方、小川国夫はといえば、島尾敏雄より十一歳若い三十七歳であった。『アポロンの島』は、昭和三十二年十月に発行された私家版の単行本で、丹羽正らと始めた同人雑誌『青銅時代』第一号に発表した短編など計二十二の短編から成っている。

私は「一冊の本」の率直さに驚いた。作品のみが語られていた。有名か無名か、年長か年少か、といったことは毛ほどの重みもない。私は島尾敏雄の志の高さを思った。それがなければ、このように突き抜けた文章は書けないと思った。恐らく歴史に残る文章となろう。

『アポロンの島』が、審美社から函入りの装丁で刊行され、地方の本屋の店頭に出るのは、それから二年後の昭和四十二年七月のことである。「古典的格調保つまぼろしの名著」などと帯の背に書かれてあった。やっと出てきたなと思った。

その後、小川国夫の作品集が、順次店頭に姿を現すことになる。すなわち、その年の十二月には『生のさなかに』が同じく審美社から、翌年八月には南北社から『海からの光』

が、さらにその翌年の四十四年十月には『悠蔵が残したこと』が刊行された。小川国夫という、名前の字画が左右対称の一人の作家に、私はしばらくは親しむことになった。

島尾敏雄には、相馬を背景にした小説やエッセーが比較的多い。『幼年記』からたどれば、かなりの数といってよいと思う。その中に、奥野健男の文章の中でも紹介されている周知の短編「いなかぶり」がある。「近代文学」の昭和二十六年四月号に発表したもので、比較的初期の作品といえる。以下はその前半部の粗筋である。

幼い思無邪《しむや》は、真夏のある日、母方の祖母に連れられて、小高町の海岸の角部内《ツノボーチ》のおイシの家を訪ね、その帰りに、角部内の浜から村上の浜に出るのに、海に突き出た丘の鼻の下の荒磯を渡った。そこを通らなければ丘の上を大きく迂回しなければならなかったからである。

ところがちょうど満潮時にさしかかり、波がふくれあがってどんどん押し寄せてくる。思無邪は「ばっぱさん、早く早く」とせきたてるが、ばあさんの足はのろく、気が気でない。恐怖がわきたち、遭難するかもしれないと思う。しかし危機は過ぎた。二人は真夏の午後の太陽が広い砂浜に照りつける村上の浜にたどり着いたのだ。

それから長いたんぼ道を停車場のある町のほうに向かって帰るのだが、鉄道線路が近くなってきたあたりにある岡にさしかかったとき、ばあさんがこのへんはドジャグサマのダンポサマが集まっているところだといって、その岡の上やくぼみにある古い大きな構えの屋敷を指差しながら、あれはシガサマ、あれはニホンマツハン、あれはハンニャハンと思無邪に教えてくれた。思無邪はこのとき般若の幻をみるのである。

その時の思無邪には、ただハンニャというような奇態な苗字に、幻想は広がつて行くだけだ。ばあさんはその苗字をどんな漢字で書くかは知らないが、あのハンニャの面のハンニャだという風に言う。「んだべ、きつとし」それは奇妙な耳ざわりの名前であつた。そんな苗字があり得るということが納得いかない。ふと白昼の天の一角であの青白いいやな顔付の鬼女がげたげたと笑つている幻覚を覚える。もし自分の苗字が般若であつたら。般若思無邪。自分でそう言つてみて何か悪い予感のようなものにおびえる。

（『島尾敏雄作品集②』）

幼い主人公の、中国の古典の一句からとった、「思無邪」という名前が、体験する恐怖をより際立たせる。太郎とか宏の見るハンニャの幻よりも、思無邪の見るハンニャの幻のほうがおどろおどろして、かつ夢幻的でもある。

島尾敏雄は、戦後間もなく、埴谷雄高と知り合うが、そのときのことを書いた「般若の幻——埴谷雄高」というエッセーがある(『埴谷雄高作品集④』付録、昭和四十六年)。邂逅という言葉が即座に思い出されてくるような場面である。

埴谷さんと私のかかわりは半世紀も昔にさかのぼる。と言ってもこれは私のがわだけの出来事で、彼のあずかり知らぬことだ。

と、それは始まり、「いなかぶり」の幼年期のハンニャ体験を述べたあと、次のように続く。

ところで、『近代文学』の当初の七人の同人のうちで私が最初に会ったのは、ほかでもない埴谷雄高さんだった。それも偶然なのだけれど、たまたまはいった神田の喫茶店に彼が居た。すでに私は彼の本名が般若であることを知っていたから、まず気がかりをほどいておこうと思い、もしかしたら東北が郷里ではないかとたずねたのだ。そうだという彼の答えにいきおいを得て、では福島県?相馬郡?小高町?岡田?とつぎつぎに追いつめて行く、問いかけにみんな肯定の返事がかえってきたのでやっぱりあのハンニャさん!と私はいきをのみ、まざまざとかれをながめて納得したのだった。やはりそれは奇妙なことと言わなければなるまい。なぜならそのときから私は戦意を失ってしまったのだから。埴谷さん!と思えば、いなかの白い道で襲われた白昼の出来事の想起が私を包んでしまい、判断のはたらきが休止させられる。そのとき私は神戸に住んでいて、時折り東京に出かけては彼の家を訪ねたけれど、彼の家の玄関をあけたとたん、年のはなれた長兄か、もしくは自分の方を向いていてくれる母の年若な弟のそばにやってきたかのような錯覚におちこみ、うながされるままにあがりこむと、つい直前までそうであったにちがいない彼の強固な孤独と沈黙のかたまりをわずかずつほぐして語りかけてくれるそのことばにたよって、正直に正直にと呪文をとなえつつ、無邪気なことばづかいで患者の申し立てのようなことばかり返事している自分に気がつくのだった。

そのときの二人の表情が、あるおかしみを伴って、眼前に彷彿としてくる。この邂逅があって短編「いなかぶり」の前半は書かれたと思う。
埴谷雄高も、島尾敏雄を評するエッセー「不安の原質」の中で、このときのことに触れている。

まだ幼年時代の島尾敏雄に向って、お祖母さんが、あれがだめになったハンニャはあの家だ、と村中で評判になっていた唯一の没落士族である私の家を指していったそうである。一種異様で気味悪くもある語音をもったその言葉は、彼の幼い記憶の薄暗い奥の隅にいわば面を隠し伏せたまま蹲りつづけたのであった。戦後、私と知りあったはじめ、島尾敏雄は私に向っておずおずと、埴谷さんは福島県ではありませんか、福島なら小高ではありませんか、といわば大きな環から遠巻きにはじめた問いをつぎつぎと積み重ねあげた果て、彼と私が同郷と知れると、やはりそうだったか、と記憶の暗い闇のなかに不意と閃光を走らせてあがった大輪の花火が不思議な安定度をたもったまま宙に高く浮かんでいるような明るく安堵した顔付きを彼はしたのである。

余談になるが、「いなかぶり」の中に、思無邪のばあさんの言葉として出てくる「ハンニャハン」という言い方、あるいは「般若はあ」という言い方は、「御家中言葉」の名残といわれ、明治生まれの父の代までは日常語として使われていた。よく訪ねてきた父の中学時代の友人の海東さんは、玄関先でいつも「にっつまはん、おいでなりゃしたか」と言って入ってきた。その「にっつまはん」が、人によって「みっつまはん」となった。幼い頃、町の人に「みっつまはんのわこか」と言われ、何のことか分からなかったことがある。ついでにいうと、海東さんの言う「おいでなりゃしたか」という言い方も御家中言葉の名残と言われている。

島尾敏雄に、同じく相馬を舞台にした「砂嘴の丘にて」という短編がある。昭和二十四年、三十二歳のとき、『文学季刊』に発表したものである。「いなかぶり」より二年早い作品である。

「砂嘴《さし》」とは、「陸地から海中に延びた砂の堆積《タイセキ》が、水面に現われたもの。普通、湾口に出来る」（『新明解国語辞典』）ものである。この短篇の場合、地名は書かれていないが、一読して、松川浦と外洋との間にできた南北に延びる長い砂丘を指していることが分かる。松川浦は、旧城下中村の南を東流する宇多川の河口でもある。

小説の内容には触れず、枝葉末節の部分を一つだけ引用する。

祖母と私と妹とは、私たちのいなかの駅から二つか三つ目の駅で汽車を下り、駅前から小さな町中を通り抜け、町外れの踏切を渡ると、見渡す限りの田圃のある風景の中で、下駄の底に吸いつきそうな砂ぼこりの白っぽい県道が、乾き上がった行手の森かげの方に伸びているのを見た。

三人が歩いている「県道」は昭和初期の原釜街道である。原釜街道とは、中村から太平洋岸の原釜の集落にいたる街道で、道のりが通称一里八丁といわれていた。鉄道省の省営バスはまだ通っていないと書かれている。何の変哲もない街道筋の風景であるが、私たちにとっても忘れ難い幼少年期の記憶の中の風景である。

小学生の頃は、夏休みになると、一日のほとんどの時間を宇多川で過ごした。高学年になって親から子供だけで海に行くことを許されると、一夏に二、三回、近所の同じ年頃の子供が三、四人連れ立って、白く長い道を歩いて原釜の海水浴場に行った。踏切を越えてしばらく行くと小流れが道路下をくぐるところがあり、二、三本の柳が木陰を作っていた。そこで汗をぬぐい、一息入れるのが何時の間にか決まりのようになった。

海では、例の洗礼を受ける。波に足をすくわれ、波打ち際まで丸太のように転がされる。砂混じりの海水が鼻を突き抜け、口に入り込み、呼吸ができなくなる。死ぬのではないかと思う。子供と海の付き合いの始まりであった。

帰路は疲れて省営バスで帰った。何故往路を歩いたのかの記憶は定かでないが、バスの片道運賃を浮かすためではなかったかと思う。そういった銭は大体は買い食いに使った。体を鍛えるためなどとは子供は考えぬものだ。今は道路も舗装され、市中に近い両側には住宅や会社の建物が立ち並び昔日の面影はない。

宇多川という川が出てきて思い出したが、埴谷雄高は、昭和十九年、三十四歳のとき、『フランドル画家抄』という本を洸林堂書房から出版しており、そのときのペンネームが宇田川嘉彦であった。中村の宇多川からとったのではないかとそのとき思った。

話が飛び飛びになるが、島尾敏雄に『忘却の底から』（晶文社、昭和五十八年）という新書判程度の大きさの本がある。著者「あとがき」によれば、晶文社版の全集全十七巻の月報に毎回連載したものを一本にまとめたもので、島尾敏雄が自らのルーツを昔を知る人の証言を手がかりに探ったものである。

個人的な話になるが、この本の中で、島尾敏雄が私の父の書物からわずか一行ほどであるが引用している。このことは以前『相馬郷土』（第三号、昭和六十年）に寄せた文章で触れたことがあるが、島尾敏雄の義理堅さ、律義さを感じさせるエピソードとしてそのいきさつだけを簡単に述べることにする。

父の書物というのは『相馬方言考』という田舎出版の本で、原本は父が満二十六歳の時に五十部ほど謄写刷りし、その方面の学者や知友に配ったもので、戦後は本人自身も忘れてしまったような本となっていた。それが『日本国語大辞典』（小学館）の語彙の引用原典の一覧の中に載ったのが機縁で、周囲から慫慂され、昭和四十八年に文章若干を加えて復刻したものであった。この父の本を島尾敏雄に贈ったのが小高町の平田良衛であった。平田良衛はこの年小高を訪ねた島尾敏雄と懇談した際に父の本のことを話したら「是非読みたい」というので送ることを約束し、後日送ったものであった。

島尾敏雄は昭和四十八年の夏に五日ほどかけて「宮沢賢治文学背景巡歴の旅」に出かけたことが「奥六郡の中の宮沢賢治」の中に出ているので、その帰途にでも小高に立ち寄ったものと思われる。

七　「奇妙なめぐりあい」

人のめぐり合いというものを更にここでも感ずるのであるが、埴谷雄高は若い頃にその平田良衛と膝を交えることがあった。埴谷雄高の「『資本論』と私」によれば、埴谷雄高が大学を除名になった頃、プロレタリア科学研究所のドイツ語の講習会に出てみると、その時の講師が平田良衛であった。新藤謙の『百姓一代評伝・平田良衛』（たいまつ社、昭和五十二年）には、二人の戦前の出会いについてはもちろんであるが、戦後における後日譚についても書かれている。

運動は一面、人間と人間との奇妙なめぐりあいでもある。その時それとわからなかったものが、あとで、ああおまえもあの時あそこにいたのか、ということがよくある。平田と埴谷雄高の関係もそうしたものであった。平田がドイツ語講習会や農業研究会に埴谷がいたことを知ったのは戦後のことである。あるいは般若が作家の埴谷雄高であることがわからなかったのかもしれない。もうその頃は平田はドイツ語講習会のことなど忘れていて、そのことを知らされると、「私がドイツ語を教えていた？いやあ冷汗が流れる」といっていた。因縁めくが、埴谷雄高がまた小高の出身なのである。埴谷の祖父般若源右エ門は相馬藩の郷目付であり、明治のはじめ小高に土着したのである。すでに般若家は小高にはなく、埴谷も小高で育ったわけではないが、墓地はある。

同じことに触れた平田良衛本人の文章が『農人日記』という本に残されている。この本は平田良衛の古い文章なども集めた本で、昭和四十七年に「平田良衛を励ます会」から非売品として発行されたものである。その巻末「付録一」に平田良衛を知る数人が文章を寄せているが、その中に埴谷雄高の「『資本論』と私」からの抜粋も載っている。平田良衛本人の文章とは、その末尾に付された（註）のことである。現在どの程度の人が見ることのできる本なのか分からないので全文を載せておく。

ここに引用した一文は、一九六七年一〇月号『図書』（岩波書店発行）掲載の埴谷雄高「資本論と私」からの「一部」で全文ではない。この一小記録は多分昭和四―五年頃の小記録のようである。その後、私と埴谷さんとは長い間全く別々の道をあゆみ、再びお会いしたのは、この『図書』を通じてであった。すなわち四十年ぶりの再開である。

それどころか、その頃私共のグループの中に埴谷さんがいたことも全く知らないでいた。というのはその頃本名を名のっていた者はほとんどなく、そのずうっと後で、「君だったのか！」と、驚く始末。埴谷さんと私もそうなのである。そんなわけで本名はもちろん、その出身地などもちろん知るわけがない。ところが、その埴谷さんは実は私と郷里が同じ、福島県小高出身で、むかし相馬藩時代の何百年もつづいた旧家であり、墓地も戸籍も同じ小高町なのであった。埴谷（般若）家は明治維新後廃藩になると小高に急に土着したが、「武士の商法」は百姓も同様で、百姓をみごとに失敗して小高を離れ、墓地と戸籍とのみが小高に残ったとのことであった。（昭和四十七年四月　平田）

以下もまた「奇妙なめぐりあい」というものだろうか。埴谷雄高は、「雑録ふうな附記」（「近代文学」昭和三十五年五月号六月号）の中で、昭和五年に参加していた平田良衛主宰のプロレタリア科学研究所農業問題研究会の研究所が引っ越しをする際に手伝ったが、研究所の書物をトラックに移すとき、当時入獄中であった鈴木安蔵の蔵書が多く預けられていたことが印象的であったと述べている。鈴木安蔵もまた小高町の出身で、平田良衛との縁が深かった。

鈴木安蔵は、相馬中学から四修で二高に入り、大学は京都帝国大学（中退）を選んだ。憲法学者で、戦前は憲法学説史研究の必要性を提唱し、『日本憲政成立史』（昭和八年）、『憲法の歴史的研究』（同）その他を著している。戦後は静岡大学教授などを務めた。相馬中学時代の秀才ぶりは同級生であった父から聞かされたことがある。

父の同級生たちは仲がよかった。傍から見ていてそれがよく分かった。福島県の県立中学校といっても、その頃は多分、安積、福島、会津、磐城、相馬など数えるほどしかなかったと思われ、それに一学年の生徒数も百人程度（卒業は四修組を入れて六十三名）と少なかった。そんなことも仲のよさに与っていたのかもしれない。

少し脱線するが、以下は、その同級生たちの中学時代のエピソードである。

彼らの学年は、三年生のとき同盟休校をやった。四年生の一団の度重なる暴力に対する抗議であった。当時上級生が下級生をもっともらしい理由を見つけては講武堂に呼び出して殴るといった蛮風があった。「当時」と言ったが、「当時も」と言ったほうが正確かもしれない。三十年後のわれわれの時代にもなかったわけではない。私も二、三度経験している。しかしそのことで同盟休校をやろうなどという者はいなかった。

鈴木安蔵たちの三年生と四年生はよほど相性が悪かったのだろう。また、四年生の一団のやり方が度を過ぎていたのだろうとも思う。同盟休校の引金となったのは、例によって三年生四、五人が講武堂に呼び出され鉄拳制裁を受けたことだった。父もその時呼び出された一人だった。父の場合の理由は次のような実に他愛のないものであった。他の者たちの理由も大なり小なり似たものであったろう。

なお私が制裁をうけた理由というのは、大雪の朝父の用件で中村駅まで出かける時、足駄に雪が挟まって難渋することを予想し、川流れの竹棒を携えて行ったところ、外出にステッキを振りまわすとは生意気千万ということであった。（『中学時代』）

三年生たちは、事ここに至れば我慢も限度と、二月のある雪の輝く朝、鈴木安蔵らがリーダーとなって中村城跡の本丸の丘に集合し、暴力追放の同盟休校に入った。学校も降って湧いたような椿事に驚愕し、かつ収拾策に苦慮したが、三年生の大義名分を認める方向で決着させた。その結果、三年生は全員三日間の謹慎と操行が四等（五等になると落第）に下げられただけの処分で、一人の犠牲者も出さなくて済んだ。一方、四年生の関係者は、諭旨退学になったり、落第させられたりして、学校から自然姿が見えなくなっていったという。

また平田良衛に戻るが、平田良衛は鈴木安蔵の二年先輩だったので、このとき五年生で、二高の受験を控えていた。鈴木安蔵も、前記の通り、四修で二高に入るが、平田良衛はこの同郷の後輩には一目置いていたという。二人の付合いは、昭和初期に二人とも社会主義運動に身を投じ、逮捕・投獄されるといった経験を通じ、その後も続くことになる。

八　島尾敏雄の〈志賀直哉論〉

最後は、志賀直哉のことである。同じく相馬を父祖の地とする作家であっても、志賀直哉と埴谷雄高、島尾敏雄とでは、世代も違うし、文学上の系譜や資質からいっても共通するものはないように見える。しかし、若い時期の病める直哉の作品を読むと、必ずしもそうとばかりは言い切れないとの思いも一方にはある。

それはそれとして、島尾敏雄に志賀直哉を同郷と意識し、その思いを書いた「志賀直哉と私」というエッセーがある。雑誌『国文学』（解釈と教材の研究）の昭和五十一年三月号に発表されたものである。

島尾敏雄はその中で、若い頃志賀直哉を改造文庫の袖珍本で何冊か読んだが、『暗夜行路』の後編は読み通さずに終わった。その頃になって違和感のようなものが出てきたからであって、そして戦後はいよいよ離れて読まなくなったといっている。

読まなくなったあたりで私は志賀直哉の先祖が私の郷里の福島県の相馬地方から出ていることを知った。それはちょっと信じ難い思いであった。彼の作品を読んでいてもその中で東北的な何かを感ずるというふうなことは全くなかったから。今でも私は志賀直哉にはふしぎなほど東北の痕跡は絶たれている、というふうに思う。彼の文学では土着を超えたところで任意に我孫子とか、城崎とか尾道、奈良などの地名がえらび取られ、別荘地か由緒地のように彼の名と結びついている。それに相馬という自分の田舎を考えてみた場合、どうしてもこの伝説的な鋭い文学才能とそれとを結びつけることができなかった。しかしその名を思い浮かべる度につい相馬を重ね合わせる習慣がどうしてついてしまったものか。歳月の裁きの中では潜伏した相馬が彼の面貌にあらわれ出てくるにちがいない、などとへんなことまで考えていたようだ。何気なく口にしていた志賀という西国風な呼び名も、なまって発音すれば相馬の田舎の周辺に多い苗字であることにちがいない。志賀、般若《ハンニャ》、荒、錦織《ニシコリ》、午来《ゴライ》、門馬《モンマ》、半谷《ハンガイ》、折笠《オリカサ》などの名の発音を私は子どもの頃から重ねて耳にしてきた。それに彼の容貌はまさしく東北のそれの典型の一つではあるまいかなどと考えられたのだった。

話は次に、「その頃私は一つの夢を見た」と夢の話に移る。構えのゆったりした田舎家の囲炉裡を囲んで大勢の人が坐っている。志賀直哉の家で、「私」もその中に交じっていた。直哉も囲炉裡端に坐っている。

着物の上にじんべいを羽織った彼は、白いあごひげがくさび形に生え、体格の頑丈な威厳のある老爺に見えた。気むずかしいはずなのににこにこ笑っている。というより気どりのない自然な構えが全身に行きわたって見えながら気むずかしげであった。

そして狸が出てくる。志賀直哉の飼い馴らした狸が囲炉裡の火にあたって居眠りをしているのである。一方直哉はそこに誰が来ていようと無頓着なふうで、「私」を見るまなざしも通りすがりの者を見るそれであった。品のよい老夫人が高膳にのせたぼた餅をみんなにふるまっていた。

私は彼に気に入られるはずはないという予感のために気軽に口がきけず、早いうちに辞去すべきだと思いつつ、夫人に向かって話しかけていたのだ。ご主人は相馬藩でしょう、実は私も在郷の者です、と言っていた。しかし御主人は御家老筋の方ですから。自分の口調にうっすらとしたしつこさがただよっているのが気にかかった。彼はきいていたのかどうか、つと囲炉裡の火の中にいけてあった小石を鉄火箸ではさんで狸のやわらかな皮膚の上にのせたのだ。一つだけでなく次々にいくつも。そして焼けこげてあつがる狸のあわてざまを、微笑も浮かべず黙したままじっと観察しているのだ。

島尾敏雄は、最後に、志賀直哉の作品との付き合いは、昭和三十年の初夏に刊行が開始されたばかりの新書判の『志賀直哉全集』の第一巻を見つけて購入し、第二巻、第三巻と読み継いで行くことで再び始まるが、第四巻あたりでまたとぎれてしまい、そのまま遠のいてしまったという。しかし、それだけでも、心の奥に残ったのは「何かしらこまやかな豪毅とでもいったものの励ましの感受」であり、直哉の世界は自分には縁の無さそうな世界であるにもかかわらず、「そのままその豪毅な在り方に心魅かれるものがあるのも、おもしろいことだ」と結んでいる。

「志賀直哉と私」は三ページ半ほどの短いものであるが、島尾敏雄の直哉に対して抱くほろ苦いもの、親愛感と違和感というアンビバレンツな気持ちがよく語られているように思う。飼い馴らした狸の腹に熱せられた小石を次々にのせ、焼け焦げて慌てふためくその狸を、にこりともしないでじっと観察している夢の中の志賀直哉には思わず笑ってしまう。

志賀直哉の短編で、小動物を観察する場面で最も人口に膾炙《かいしゃ》しているのは「城の崎にて」であろうが、島尾敏雄の夢もそういったものに連鎖する夢であったかもしれない。それにしても、可笑しくもあり、シリアスでもある、絶妙の志賀直哉像といえなくもない。その意味で、このエッセーは相馬という光源によってあぶり出された島尾敏雄の〈志賀直哉論〉といえそうである。

余談になるが、島尾敏雄が夢の中で「老爺」としてイメージした直哉晩年の風貌は何時頃のものであろうか。

島尾敏雄が、志賀直哉を同郷の作家と知り、直哉の家の夢を見る時期は、エッセーが書かれる年の二十何年か前と言っているので、仮に二十三年前とすると、昭和二十八年になる。この年、志賀直哉はちょうど七十歳である。手元に中村光夫の、昭和二十九年四月刊行の『志賀直哉論』(文藝春秋新社)があり、函の表に直哉晩年の顔写真が大きく写し出されている。年次的に見て、恐らくこの顔写真に近い風貌だったろうと思われる。年齢よりは老けた感じで直哉は写っている。

中村光夫は、右の『志賀直哉論』の「あとがき」の中で、戦争中に会った志賀直哉の印象を、

實に異常な魅力を持つ人といふ印象をうけました。たんに立派な藝術家といふだけでなく、不思議な動物磁氣のやうなものが、身邊から發散する感じでした。

と語っている。恐らく件の写真よりは十歳は若い直哉の風貌であったろう。直哉について、更に年齢を遡れば、晩年の写真の印象とはかなり違う、鬱然としたもの、刃物のように鋭利なものを漂わせた風貌に接することができるはずである。

ここで顔写真に少しこだわったのは、流布した顔写真がその作家の作品のイメージまで先取りしかねないところがあるからである。顔写真はその点なかなかの曲者といえる。梶井基次郎など、晩年の丸坊主の写真で随分損をしているように思う。

それはともあれ、志賀直哉という名から即座に浮かんでくる風貌は、島尾敏雄の年代において、既に「老爺」のイメージであったのだから、私の年代ではさらに老人のものであ

った。そのため、作品を作家の成長とともに読んでいくという幸福な読み方は直哉については残念ながら経験し得なかった。

私の父が相馬中学時代に法制経済担当の菅又元之助という先生から「中村出身の尊敬すべき新進作家に志賀直哉あり」と聴かされ、直哉に初めて関心を持ったといっているが、私たちの世代が物心ついたとき、志賀直哉はすでに大家であり、直哉を読むことは古典を読むという気分だったといえる。

私もその年頃に、国語の授業で岩崎敏夫先生から志賀直哉を読むようにいわれ、推薦された「城の崎にて」「濠端の住まひ」「焚火」などを読んだ。しかし、どうもぴんとこなかった。これが名作なのかと戸惑ったのを記憶している。

これには、年が若すぎたこともあるだろうが、それ以上に時代の影響が大きかったと思う。十代の前半の五年が大東亜戦争のあしかけ五年と重なり、同じく十代の後半五年と二十代の前半五年の計十年が戦後の十年に重なったこともあって、関心は専らいわゆる戦後派の作家に向くことになった。

その頃読んで、忘れ難い一篇となった作品に梅崎春生の「桜島」がある。更に横道に逸れてしまうが、ざっと触れてみたいと思う。

「桜島」は、九州南部の坊津、次いで桜島で、基地隊の暗号通信に従事していた「私」（村上兵曹）の、敗戦の日に至る一ヶ月余の間の死にさらされた日常を描いたものである。敗戦の年の昭和二十年の暮までに書き上げられ、翌年九月の『素直』創刊号に載った。

次は、その書き出し部分である。

七月初、坊津《ぼうのつ》にいた。往昔、遣唐使が船出をしたところである。その小さな美しい港を見下ろす峠で、基地隊の基地通信に当っていた。私は、暗号員であった。毎日、崖《がけ》を滑り降りて魚釣りに行ったり、山に楊梅《やまもも》を取りに行ったり、朝夕峠を通る坊津郵便局の女事務員と仲良くなったり、よそめにはのんびりと日を過した。電報は少なかった。日に一通か二通。無い時もあった。此のような生活をしながらも、目に見えぬ何物かが次第に輪を狭《せば》めて身体を緊《し》めつけて来るのを、私は痛いほど感じ始めた。歯ぎしりするような気持ちで、私は連日遊び呆《ほう》けた。日に一度は必ず、米軍の飛行機が鋭い音を響かせながら、峠《とうげ》の上を翔《かけ》った。ふり仰ぐと、初夏の光りを吸った翼のいろが、ナイフのように不気味に光った。

（講談社文芸文庫）

坊津、往昔、遣唐使、船出、港、峠といった美しい物語を予感させる言葉の流れは、基地隊、暗号員という戦闘を表す言葉の出現によって、瞬時に閉ざされ、次第に破滅への予兆に震えてくる。文体は簡潔で、しなやかである。

物語の中間は省略し、末尾の部分を引用する。昼のラジオ放送が雑音でよく聞きとれなかったが、ややあってそれが「終戦の御詔勅」であるとの報告があった。暗号室に電報が入っていたのだ。「私」と吉良兵曹長は暗号室に向かう。

壕を出ると、夕焼が明るく海に映っていた。道は色褪《あ》せかけた黄昏《たそがれ》を貫いていた。吉良兵曹長が先に立った。崖の上に、落日に染《そ》められた桜島岳があった。私が歩くに従って、樹々に見え隠れした、赤と青との濃淡に染《そ》められた山肌は、天上の美しさであった。石塊道《いしころみち》を、吉良兵曹長に遅れまいと急ぎながら、突然瞼を焼くような熱い涙が、私の眼から流れ出た。拭《ふ》いても拭いても、それはとめどなくしたたり落ちた。風景が涙の中で、歪《ゆが》みながら分裂した。私は歯を食いしばり、こみあげて来る嗚咽《おえつ》を押さえながら歩いた。頭の中に色んなものが入り乱れて、何が何だかはっきり判らなかった。悲しいのか、それも判らなかった。ただ涙だけが、次から次へ、瞼にあふれた。掌で顔をおおい、私は

よろめきながら、坂道を一歩一歩下って行った。　（同前）

戦争末期、B29の機影は日常化し、空爆は中小都市にまで及んでいた。敵機動部隊から発進したグラマン艦載機が相馬の沿岸部にも飛来し、機銃弾を浴びせた。

昭和二十年四月、私たちは勉強もしないまま中学三年生に進級した。そして直ちに学徒動員で中通りの石川町に行くことになった。仕事の内容は知らされていなかったが、現地に行って、特攻隊の基地造成のための土木作業であることが分かった。

出発の日、上り列車が高松山の丘陵にさしかかると桜花に煙る中村城跡が遠く眺められた。見納めになるかもしれないと少し感傷的になったのを覚えている。

その頃は、本土決戦があるものと信じ、生きているのも後二、三年と思っていた。以後の人生は空白だった。ユーラシア大陸の中央の草原で勃興と滅亡を繰り返した数多の民族のように大和民族もやがて滅びるのではないかと語り合った。

動員による異郷生活は約二ヶ月で終り、六月初旬に帰郷する。そして、間もなく、太平洋沿岸の「陣地構築」作業に従事することになる。「陣地構築」などと言葉は物々しかったが、作業はあっけらかんとしたものだった。海岸線を区切って、一区切りを生徒二、三人が組になって分担し、汀線から少し奥まった崖の突端などに、人一人入れるほどの竪穴を掘ることだった。穴は蛸壺といって、その中に隠れ、上陸用舟艇で上陸してくる敵兵を狙撃するというものだった。

意味のない作業だということは、われわれも、時々見回りにくる兵隊も承知しているので、作業は投げやりだった。

昼の休憩には、まどろんだり、海を眺めたりした。紅紫色の花が砂丘に幾つも咲いていた。通りがかった漁夫が、訊かないのに、ハマナスの花だと教えてくれた。

梅雨空が霽《は》れて、海が輝く日があった。その輝く海の彼方に、ある日、真っ黒なものが突如姿を現し、水平線を覆い尽くし、やがて大波となってひた寄せてくる。晴れた日に限ってそんな幻を見るのだった。

戦争は、しかし、その年の夏に終わった。不意に、あっけなく終わった。負けて殺されることもなく、生き延びることになった。それなのに安堵感のようなものは不思議に湧いてこなかった。何か後ろめたい、不快な気分がつきまとった。

柔道ばかりしていた。しかし、その柔道も、十一月の初めに、マッカーサーの指令で禁止されてしまう。部員は、その旨を告げられると、声をあげて泣いた。悔しかった。

世間は、再び、金切り声に満ちていた。戦死者が弔われることもなかった。梅崎春生の「桜島」は、そんな私の少年の日の小さな戦中体験に形を与えてくれ、また、梶井基次郎の作品とともに、私の戦後の鬱懐を癒してくれた。そして更にと言うべきか、「桜島」の明晰で、青春の甘美さを湛えた抒情的な文体には明らかに梶井基次郎の影響が見られた。「桜島」は、そのことによっても、青春の忘れ難い一冊となった。

そんなことで、志賀直哉に多少とも親しむようになるのはかなり後のことになる。多分岩波の新書判全集が出そろったあたりからではなかったかと思う。

九　志賀直哉「祖父」雑談

島尾敏雄がそれをもって直哉の作品との関係がとぎれるとされた新書判『志賀直哉全集』第四巻が刊行されたのは昭和三十年七月で、島尾敏雄三十九歳のときである。

一方、志賀直哉は、翌年の三十一年、『文藝春秋』の一月号から三月号にかけて「祖父」という小説を発表している。直哉が、「続創作余談」において「私は肉親といふ私情を除いても、自分の此世で出会つた三四人の最も尊敬すべき人の一人として尊敬してゐる」と言っている祖父直道のことを書いたものである。

「祖父」は、『文藝春秋』掲載中に新書判全集の第五巻に収録され、三十一年二月十七日に発行される。第六巻は既に前年の八月に出ており、変則な刊行であった。

島尾敏雄はこの「祖父」を雑誌掲載時に読んだろうか。恐らく読まなかったのではないかと思う。また同時期に発売になった第五巻も恐らく読まなかった思われる。第四巻発刊から、一巻違いではあるが、既に半年が過ぎている。

島尾敏雄が、もし「祖父」を読んでいれば、あくまでも推定の話であるが、直哉の中の「潜伏した相馬」の一端を見ることができ、「志賀直哉と私」というエッセーのニュアンスも多少変わったかもしれないと思われる。ただ、その変わり方が好意に向いたか、逆に違和感を募らせたかは分からないが、志賀家という相馬の上級武士に連なる三代の否み難き「何かしらこまやかな豪毅」というものを改めて思ったのではなかろうか。

以前奈良に旅行したとき、高畑大通町の「志賀直哉旧居」を訪ね、その宏壮さとハイカラさに驚いたことがある。昭和三年、直哉が自ら設計し、建築は数寄屋造りの巧みな京都の大工に依頼したものだという。直哉はここに同四年から十三年まで住み、「暗夜行路」等を執筆している。案内書に敷地四百三十五坪、建坪百三十四坪とあった。

この旧居は、結構において、それまで見たことのある二、三の作家の旧居から想像されるものをはるかに越えるものであった。建築の発想の次元が違うのである。島尾敏雄のいう「豪毅」さは、もちろん、こういったことを指しているのではないが、その建築に直哉の「豪毅」さの別の側面を見る思いがした。

志賀直哉にすれば、こんなことは常識の枠内のことであったのかもしれない。明治三十年、直哉十四歳のとき、志賀家は芝増上寺の学寮だった家を出て、麻布三河台町の、敷地千六百坪、建坪三百坪の豪邸に引っ越している。父直温《なおはる》の実業家としての成功によるものであった。そして直哉は直哉でここで「大津順吉」を書き上げているのである。

太宰治や中野重治、それに中村光夫らの志賀直哉打倒の論文、否定の論文も、これでは土俵が違い過ぎて、どうしょうもないなと奈良の街角でふと思ったのである。

更に余談になってしまうが、「祖父」の中に次のようなくだりがある。

私が十五六の頃、今の常磐線《じやうばんせん》が開通し、四つ上の直方といふ叔父と二人で初めて「國」へ行つて見たが、中村の町を流れてゐる川が其所で直角に曲がる小さい岩山の上に庵室があり、行つて見た事がある。父は子供の頃、其所に通つて色々教へを受けた。

(岩波新書判全集)

僅か三行の文章だが、直哉が「国」の風景について触れた唯一のものではないかと思われる。

私の父は直哉ファンだったので、生前、相馬中村に文学碑を立てるとすれば、これが唯一のものだろうと言っていた。ただ直哉本人は文学碑を立てるなどは嫌いだったので、立てないに越したことはない。

「祖父」について更に続けると、私はこの「祖父」という、多分文学上の評価はあまり芳しくなかったと想像される作品に特別の感情を持っている。

というのは、私の曾祖父助惣貞常が、安政元年、藩より二宮尊徳の仕法修行を命ぜられ、当時野州の今市で幕府の仕事をしていた尊徳のもとに赴くが、直哉の祖父直道も同年今市に派遣されおり、二人は同地で数年行動をともにするといったことがあったからである。

助惣は、間もなく、幕府から尊徳が指揮をとっていた日光神領の荒蕪地開拓の「御手伝役」に任命され、更に幕府から蝦夷地開拓に当たるよう命ぜられ、安政五年、箱館に渡海することになる。そのとき「御手伝役」の後任者に選ばれたのが志賀三左衛門直道だった。相馬藩における事件ともいうべきこれら一連の経緯については拙著『箱館』（私家版）で詳しく述べた。

ここで、少し場違いのことを述べると、右の『箱館』の中で、私は言い伝えとして聞いていた「原釜の厄介砲《やっかいづつ》」、すなわち砲身が左右には動くが上下には動かない大砲のことに触れたが、同じ話が「祖父」の中にも出てくる。『箱館』を書いているとき、そのことに触れようと思っていて忘れたので、この機会に述べておくことにする。
また「祖父」には、直道が二宮尊徳の弟子だったこともあって、『報徳記』と『報徳経』のことが出てくるくだりがある。

　祖父は無口な性《たち》で、憶ひ出ばなしといふやうな事は殆どしなかつた。それ故、私は二宮先生の話は何も知らず、武者小路《むしやこうぢ》實篤《さねあつ》の書いた「二宮尊徳」といふ本で初めて色々、知つたのである。その癖、「報徳記《はうとくき》」といふ印刷本は子供の頃から常に私の眼に觸れる所にあり、他《ほか》に寫本で「報徳經《はうとくきやう》」といふ本が祖父の部屋にあつて、ある時、内村鑑三《うちむらかんぞう》先生が尊徳の話をされた時、その寫本の事をいつたら、見たいと云はれ、持つて行つたが、暫くして、先生は默つて、それを返へされたから、先生は餘り面白く思はなかつたのだらうと思つた事がある。

（同前）

『報徳記』は、周知の通り、直道の先輩である相馬藩士富田高慶の著わしたもので、恐らく直道の座右の書であったと思われる。次の『報徳経』のことはよく分からないが、直道がまだ侍であった若い時分に写したものと思われる。私の家にも曾祖父の手による『報徳経』の写本が残っているからである。

曾祖父の写本は、和紙を横一六・五糎、縦八糎、厚さ一・五糎の帳面様に綴じたものに毛筆でこまごまと書かれている。各頁十六行、一行当たりの文字数は十二、三字である。表紙に「報徳経」と「秘」の文字が見え、扉の右肩に「安政二乙卯年」、左端に「報徳書」「貞常　写」とある。以前読み解こうと思ったが、古文書の読解力がないので、入り口のところでやめてしまった。字面を眺めただけでは、直哉の推測どおり、面白そうには見えなかった。

志賀三左衛門直道の藩政時代の屋敷は、中村城の南側の外濠に沿った泣面町にあった。菩提所は蒼龍寺で、墓所は南寄りの畑際にあったが、後東京へ移されたという。

相馬藩の「御家中」といわれた城下集住の侍たちは、明治五年に領内各地に土着することになるが、移住先は籤《くじ》引きによって決められた。志賀直道は南標葉の新山村だったが、土着後間もなく、あるいは土着しないまま、東京へ出たらしいという。

志賀直道の相馬子爵家の家令職就任は富田高慶（『報徳記』の著者であることは前に述べた）の推輓によるものであった。

志賀直哉を読む幸福というものがあるように思う。また志賀直哉を語る文章を読む幸福というものもあるように思われる。本多秋五の『白樺』派や志賀直哉に関する一連の文章に私はそれを感じる。

以下の引用は、本多秋五が、昭和四十五年、『文学』の二月号に発表した「志賀直哉における自覚の問題」という批評の終わりに近い部分の一節である。志賀直哉の「覚悟」についての詳しい説明がなくても趣旨は十分理解できると思う。

昭和四十五年（一九七〇）といえば経済の高度成長期の直中《ただなか》である。それから二十数年が経つが、少しも古びることなく、かえって輝きを増している。

現在、われわれは多忙な日暮らしに自己を見失っている。現代の社会では何かの専門家になるのでなくては生きて行かれず、専門家化することによって細分化され、肉体のある特殊な部分だけが異常に発達した人間のように精神的にも畸形《きけい》化され、人間性を失っている。情報の洪水にいちいちまともにつき合っていては、われわれは空中分解してしまう。このとき我儘一杯に生きて、自己をはっきり限定し、死ぬべき人間の一人一人がもつ唯一の自分の自我を細心に見守り、いかなる事態に臨んでも自分の行為に対して全的に責任のもてる心の用意を忘れなかった志賀直哉の「覚悟」は、新しく見直される必要があると思う。

以上、志賀直哉、埴谷雄高、荒正人、島尾敏雄について、相馬との縁のようなものを中心に雑談を重ねてきた。そして今更のように四人に共通して感じるものがある。それは、真っ直ぐなことである。一途なことである。あてこすりなどしないことである。ひとことで言えば姿勢の良さということである。そういう姿勢こそ学びたいと思う。

島尾敏雄は、昭和六十一年十一月十二日午後十時三十九分、卒然と逝く。六十九歳。荒正人がそうであったように、やはり早すぎる死去であった。

埴谷雄高氏は、ご高齢の上、病がちであるにもかかわらず、著書の出版が相次ぐなど、今なお活躍されておられる。ご健勝を心からお祈りするのみである。

十　むすび

七、八年前のことになるが、福井県の丸岡町に立ち寄ったことがある。目的は、丸岡城の日本最古の天守閣を見学し、ついでに中野重治の『梨の花』の故地を訪ねることだった。もし、時間があれば、町立図書館に併設されて間もない「中野重治記念文庫」も訪ねてみたいと思った。

幸い、目的の最後の記念文庫にも短時間ではあったが立ち寄ることができた。図書館は瓦屋根が印象的な和風造りの立派な図書館であった。そして、その場で知るのだが、地元の丸岡町には「中野重治研究会」というのがあって、『会報』（年報）など出しているのだった。そのときは五号まで出ていた。

帰りの車中で、私は相馬を父祖の地とする作家たちについての研究会とか記念文庫とかについて夢想した。研究会のようなものはいずれできるかもしれないが、記念文庫的なものは、建設費も大変だし、立地の競合もあるだろうから、相馬地方に実現することは困難だろうと思った。そして記念文庫の候補地としては、例えば埴谷雄高氏にあっては、氏が現在住まわれている武蔵野市とか東京都の区部あたりが、また島尾敏雄氏にあっては、横浜市、神戸市、あるいは更に南方の鹿児島市とかが漠然と想像されていた。

ところが、その日の河北新報の記事によって、それが相馬の小高町に、奇しくも実現されることを知ったのである。冒頭の「不意を衝かれた」とはこのことだった。

文学が熟成する歳月は、当然のことながら、二年、三年といった単位ではない。十年、二十年、更には半世紀をも展望することになるだろうか。華のある夢である。志のリレーを大事にしたい。小高町の発展を心からお祈りする。

（了）

付記

この草稿は、当初、私も会員になっている相馬郷土研究会の年報『相馬郷土』(第11号。平成八年三月発行)の応募原稿として書き始めたが、ページ数がかさむなどしたため、断念した。

今回僅かな部数であるが複写製本することにした。相馬地方の友人知己に進呈しようと思う。

小高町の埴谷雄高・島尾敏雄文学資料館の話がなければ多分書くこともなかったろうと今になって思う。

なお、題名には「身辺雑話」と傍題を付していたが、うるさくも感じられ、最後に削っている。

平成七年十二月　新妻郁男

相馬を父祖の地とする作家たち＊著者新妻郁男《にいつまいくお》＊作製平成七年十二月・ワープロ稿＊複写部数三十五部＊複写製本（株）東興プリント

復刻新装版あとがき

この冊子は、平成七年（一九九五）に刊行した私家版の『相馬を父祖の地とする作家たち』を市販本として復刻したものである。

旧版はもともと、福島県小高町（現南相馬市小高区）が、平成六年に埴谷雄高・島尾敏雄記念文学資料館（以下「資料館」と略称）の建設を決定したことに祝意を表したいと思って書き始めたものである。

発表は当初相馬郷土研究会の機関紙『相馬郷土』を予定していたが、書いているうちに長くなったので、変更して一冊にすることにした。しかし部数は配付先を身辺に限ったこともあって三十五部と僅かだった。造りも半ば手製の粗末な体裁のものだった。

一方資料館の方は、建設決定後若干の曲折があったが、六年後の平成十二年（二〇〇〇）の五月二十日に開館した。以来、埴谷雄高、そして島尾敏雄という二人の個性的な作家の研究センターの一つとして人々に支持され、順調にその地歩を築いてきた。

ところが平成二十三年（二〇一一）三月十一日の東日本大震災により、小高区は二つの災禍に同時に襲われる。一つは沿岸部を襲った地震と津波であり、もう一つは東京電力第一原子力発電所の爆発による高濃度の放射能の汚染である。住民はこの重なる凶事によって、生存の条件を根こそぎ奪われ、故郷から放逐され、流民化した。そして八年近くが経過した。しかし復興はまだ始動の段階である。

旧小高町は、戦国時代の相馬氏の本拠地であった。その歴史に思いを馳せると、口惜しさを通り越して、怒りが込み上げてくる。文字通りの小さな一冊であるが、土地の記憶の保存の一助になればと願っている。

発行部数が僅少なので、印刷はスキャン組版方式によった。気付いた誤字脱字はあらかじめ切り貼りして訂正している。

今回も金港堂出版部の菅原真一氏とスタッフの方々にお世話になった。心から謝意を表したい。

なお、この冊子の旧版は『埴谷雄高全集』別巻（講談社、二〇〇一年）の参考文献欄に載った。

仙台にて　新妻郁男

二〇一九年　立春

［補記］

一、埴谷雄高氏は、平成九年二月十九日、脳梗塞で死去する。八十七歳であった。

二、本多秋五の「志賀直哉における自覚の問題」からの引用は、『鑑賞日本現代文学第七巻志賀直哉』（角川書店、昭和五十六年）所収のものからであるが、この論文が『本多秋五全集』第十二巻（菁柿堂、平成八年）に収録されるとき、この部分は削除されたようである（81ページ）。

三、埴谷雄高が『フランドル画家抄』を出版したときのペンネーム宇田川嘉彦は出版元の社長の実名であった（55ページ）。

四、小高町は、平成十八年に、原町市、鹿島町と合併し、南相馬市小高区となった。

新妻郁男（にいつま・いくお）

昭和6年（1931）福島県に生れる。

東北大学経済学部卒業。

現在 —「仙台文学」同人。

著書 —『檸檬《れもん》と電車』『助宗《すけそう》明神私記』『花の山旅』など。

相馬を父祖の地とする作家たち（復刻新装版）

平成31年3月11日発行

著　者　新　妻　郁　男
発行者　藤　原　　直
編　集　株式会社金港堂出版部
仙台市青葉区一番町 2-3-26
電話（022）397-7682
FAX（022）397-7683